日本の詩

わたし

遠藤豊吉 編・著

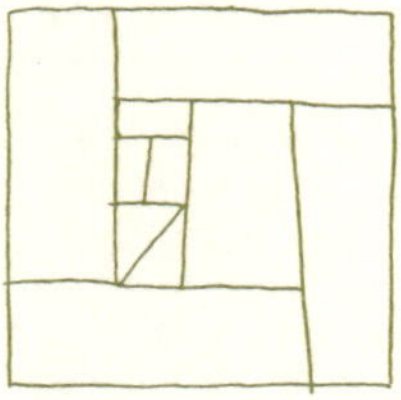

小峰書店

QUE SAIS JE?
POP
LE PETIT

ひとにぎりの人間だけではなくて、みんながしあわせになるように、という願望《がんぼう》を起点《きてん》にして、戦後の新しい日ははじまったはずだったのに、どこでどう歯車《はぐるま》がくいちがったのか、求めたものが、どんどん視野《しや》から外れていく思いがしてならぬ。

戦後の文明現象《げんしょう》は、たしかに人のくらしを豊かにした、かのように見える。だが、その豊かさのなかで、わたしたちは粘着力《ねんちゃくりょく》のない砂粒《すなつぶ》のようになってしまってはいないか。

みんなのなかのわたし、わたしあってのみんな、と口ではきれいに言うけれど、そのわたしっていったい何なのだろうか。

遠藤豊吉

日本の詩＝5

わたし

装幀・画＝早川良雄

妹へおくる手紙

なんといふ《う》妹なんだろう
——兄さんはきっと成功なさると信じてゐ《い》ます。とか
——兄さんはいま東京のどこにゐるのでせ《しょ》う。とか
ひとづてによこしたその音信のなかに
妹の眼をかんじながら
僕もまた、六、七年振りに手紙を書か《こ》うとはするのです
この兄さんは
成功しようかどうしようか結婚でもしたいと思ふ《う》のです
そんなことは書けないのです
東京にゐて兄さんは犬のや《よ》うにものほしげな顔してゐま

す
そんなことも書かないのです
兄さんは、住所不定なのです
とはますます書けないのです
如実的《によじつてき》な一切《いっさい》を書けなくなって
とひ《（い）》つめられてゐるかのやうに身動きも出来なくなって
しまひ《（い）》
満身の力をこめてやっとのおもひ《（い）》で書いたのです
ミンナゲンキカ
と、書いたのです。

山之口　貘（やまのぐち　ばく）一九〇三〜一九六三
「思弁の苑」より。著書「山之口貘全集」他

＊

〔編者の言葉〕　その年の冬、わたしは※ソビエト連邦《れんぽう》

を旅していた。受け持っている子どもたちに「先生は、作家チェーホフが暮らした黒海沿岸《こっかいえんがん》の町ヤルタでお正月をむかえる。だから、そこからみんなに年賀状を出す」と言っておいたので、十二月三十日夕刻、ヤルタにつくと、すぐに郵便局にかけつけた。

　年賀状四十枚分の切手を買い、ほっとして郵便局を出ようとすると、入り口のところで、ネッカチーフをかぶった老婆《ろうば》が絵葉書を売っているのに気がついた。その前で、労働者ふうの青年が一人、熱心《ねっしん》に絵葉書を選んでいた。ちかづいていくと「妹への新年の便りにするのだ」という意味のことばが聞こえた。老婆はヤルタの風景をうつした、とても美しい、そして値段《ねだん》も一番高いものを指さしてすすめた。

　青年はしばらく考えていたが「ダイチェ　エータ（これをください）」と言って硬貨《こうか》を出した。

　どこに住む妹だろう。海鳴りのする冬の町から、その妹に、青年はどんな便りを書くのだろう。そんなことを考えながら、わたしはホテルへの道を歩いていたのだった。

※ソビエト連邦は現在ロシア。

たかが詩人

あなたのお人形ケースにしても
あなたの赤いセエタアにしても
あなたが勝手にひとにやってしまふ《(う)》には
なんといろいろの義理や
なんといろいろの都合の悪いことが
この世にはあることだら《(ろ)》う
きっとあなたそのものも
あなたが勝手にひとにやってしまふには
お人形ケースやセエタアと比べ物にならぬくらゐ《(い)》
いろいろの義理や

都合の悪いことがあるのだ
欲しがってならないものを欲しがった後の
子供のやう(よ)に
僕《ぼく》は夜の道をひとり
風に吹かれて帰ってゆく

新しい航海に出る前に
船は船底についたカキガラをすっかり落すといふ(う)
僕も一度は船大工になれると思ったのだ
ところが船大工どころか
たかが詩人だった

黒田　三郎（くろだ　さぶろう）　九一九～一九八〇
「ひとりの女へ」より。詩集「定本黒田三郎詩集」他

＊

〔編者の言葉〕「おれは詩人になるはずだった」それがKの口癖《くちぐせ》だった。Kは、学徒《がくと》兵《へい》として、わたしと同じ時期に熊谷《くまがや》の飛行隊《ひこうたい》に入隊《にゅうたい》した仲間《なかま》だった。

Kのことばには、ふしぎに、強がり、負《ま》けおしみというものが感じられず、このことばを何度聞いても、わたしはいやみに思うことがなかった。

しかし、Kは一度も詩をつくってみせたことはなかった。「はずだった、などと言わずに、一つくらいつくってみせてくれよ」というものがあると、Kはまじめに「いまは、詩を書く時代じゃないんだ」と答えるのだった。

やがて戦局《せんきょく》が悪化《あっか》し、わたしもKも特別攻撃隊《とくべつこうげきたい》への編入命令《へんにゅうめいれい》を受け、Kは別の基地《きち》へ移動していった。それ以後、Kの消息《しょうそく》はぷっつり絶《た》えた。

「おれは詩人になるはずだった」

戦争が終わって三十年以上もすぎたいま、わたしはふっと、かれの面影《おもかげ》といっしょに、そのことばを思い出すことがある。

はる

はなをこえて
しろいくもが
くもをこえて
ふかいそらが

はなをこえ
くもをこえ
そらをこえ
わたしはいつまでものぼってゆける

はるのひととき
わたしはかみさまと
しずかなはなしをした

谷川　俊太郎（たにかわ　しゅんたろう）一九三一〜
「二十億光年の孤独」より。詩集「うつむく青年」「定義」他

＊

〔編者の言葉〕　モスクワのトレチャコフ国立美術館《びじゅつかん》に、わたしにとって忘れがたい一枚の絵がある。

サラキーン・E・C（一八二一〜一八九二）が描《えが》いた〝こじきのイスパニア少女〟という意味の題がつけられた絵である。画布《がふ》の中央に、右手をそっと出して恵《めぐ》みを乞《こ》う、ぼろぼろの衣服をまとった少女が描かれ、左のほうに、金持ちの家のドアから少女に銅貨《どうか》をあたえる貴婦人《きふじん》の白い手袋が描かれている。この一枚の銅貨に、金を恵む人の心が集中的にあらわれている。わたしはこの絵のなかに、サラキーンが生きた一九世紀の帝制《ていせい》ロシアとロシア人の心を読みとるのである。

飛行機

一九一一・六・二五・TOKYO

見よ、今日も、かの蒼空《あおぞら》に
飛行機の高く飛べるを。

給仕づとめの少年が
たまに非番の日曜日、
肺病やみの母親とたった二人の家にゐ《(い)》て、
ひとりせっせとリイダアの独学をする眼の疲れ……

見よ、今日も、かの蒼空に
飛行機の高く飛べるを。

石川　啄木（いしかわ　たくぼく）一八八六～一九一二
「呼子と口笛」より。著書「石川啄木全集」他

＊

〔編者の言葉〕　小学校三年生のとき生母が死に、二年後、継母《けいぼ》がきた。継母はじつによく働く人で、わたしたち兄弟をよくかわいがってくれた。だが、わたしは心のうちでは〈母親〉を感じながら、すなおに「かあちゃん」と呼ぶことができなかった。

その継母が、わたしの家にやってきたその年の暮れ――過労《かろう》による貧血《ひんけつ》だったのだろう、突然《とつぜん》たおれてしまった。何時間たっても口をきかない継母の枕《まくら》もとにすわって、わたしは無意識《むいしき》のうちに「かあちゃん、だいじょうぶ？」と話しかけていたのだった。

するとと継母は、うすく目を開き、うん、うんとうようにうなずいた。よく見ると、目には涙がたまっており、もう一度、うん、うんとうなずいたとき、その涙が一滴《てき》、二滴、すうっと目じりからこぼれ、枕ににじんでいったのだった。

教育詩

みなさん
雄《おす》はたたかわなくてはなりませぬ
子は兄弟げんかしてはなりませぬ

みなさん
花はあるいてはなりませぬ
人は黙してはなりませぬ

みなさん
よくあそび　よく学ぶこと

好ききらいをばつらぬくこと
（でも　ひみつにすること）
いさましく生きること
おとなしく死ぬこと

気をつけなさい
お友だちはみな　満点なのですよ

矢川澄子（やがわ　すみこ）一九三〇〜二〇〇二
「ことばの国のアリス」より。著書「架空の庭」訳書「クレーン」「暦物語」他多数。

＊

〔編者の言葉〕二年生の子が、こんな作文を書く。それをわたしは家に持ち帰って、夜また読み返すのだが、そんなとき、教師《きょうし》っていい仕事だなあと、しみじみ思うのである。

ぼくは、よく、しっしんになります。そのげんいんは、どろんこになるからです。でも、ぼくはおかしいとおもいます。ぼくは、みんなとおなじことをしているのに、なぜ、ぼくだけが、とおもうのです。（中略）このあいだのえんそくのとき、たまこのどてをすべりおちるあそびをして、どろんこになりました。えんそくからかえってきてからも、かんしゃのにわで、一年生のやきゅうのとっくんをして、ヘッドスライデングをして、またどろんこになりました。

いえにかえってから、はだかになって、ふいても、こすってもどろがおちませんでした。だから、シャワーをあびました。おふろにもはいりました。

そのばんは、からだじゅうがかゆくて、ねられませんでした。

あさ、おきてみると、からだじゅうかゆくて、せなかとおしりが、まっかになっていました。おかあさんに、くすりをぬってもらって、学校へいきました。（北川英紀）

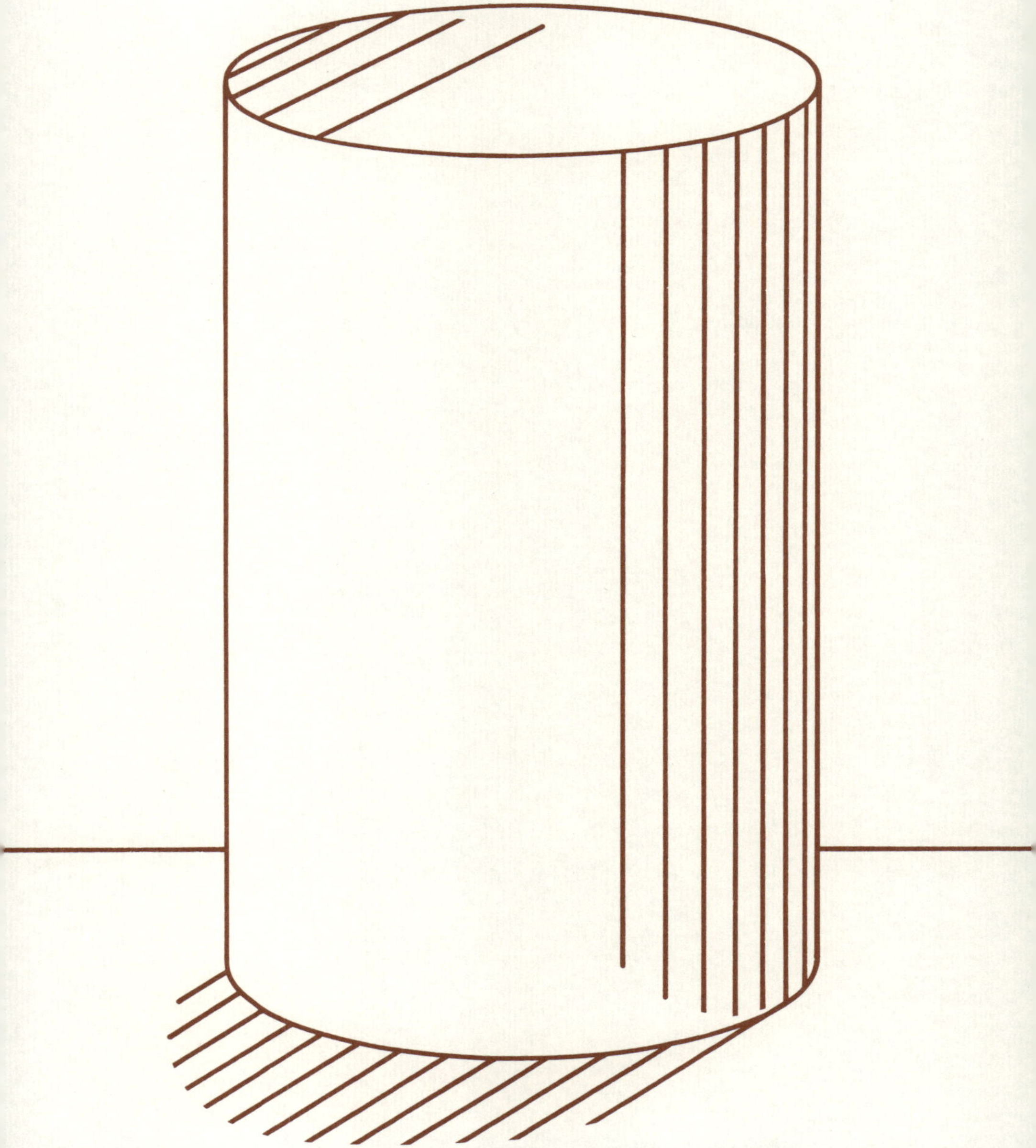

月夜の浜辺

月夜の晩に、ボタンが一つ
波打際《なみうちぎわ》に、落ちてゐ《（い）》た。

それを拾って、役立てようと
僕《ぼく》は思ったわけでもないが
なぜだかそれを捨てるに忍《しの》びず
僕はそれを、袂《たもと》に入れた。

月夜の晩に、ボタンが一つ
波打際に、落ちてゐた。

それを拾って、役立てようと
僕は思ったわけでもないが
　月に向ってそれは抛《ほう》れず
　浪《なみ》に向ってそれは抛れず
僕はそれを、袂に入れた。

月夜の晩に、拾ったボタンは
指先に沁《し》み、心に沁《し》みた。

月夜の晩に、拾ったボタンは
どうしてそれが、捨てられようか?

中原　中也（なかはら　ちゅうや）一九〇七～一九三七
「在りし日の歌」より。著書「中原中也全集」他

＊

〔編者の言葉〕　冬、エストニア共和国の首都《しゅと》タリンをたずねたときのことであった。わたしはバルト海をのぞむこの街《まち》の海辺《うみべ》へ足をのばした。港には数隻《すうせき》の船が停泊《ていはく》しており、どの船も灯をともして暮色《ぼしょく》にたえている、といった感じだった。夕刻の冷たい海風の中を舞う細かい雪片ににじむオレンジ色の灯に、わたしは、強烈《きょうれつ》な異国《いこく》を感じた。

　体がしんから冷えていることを意識《いしき》し、車へもどろうとしたとき、小さなボタンが落ちていることに気がついた。なんでもないボタンだったが、わたしはそれを捨てることができなかった。どこの国のどんな人がつけていたボタンだったのか。

　歩きながら、わたしはそのボタンをてのひらでころがしていた。たった一つのボタンではあるけれど、そこには消すことのできない人間の〈生活〉がある。そのために、わたしはこのボタンを捨てられないでいるのではないか。そんなことを感じながら、わたしは雪まじりの風の中を歩いていたのだった。

道

道はどこへでも通じてゐ《（い）》る　美しい伯《お》母《ば》様《さま》の家へゆく
道　海へゆく道　刑務所へゆく道　どこへも通じてゐな
い道なんてあるだら《（ろ）》うか　それなのに　いつも道は僕《ぼく》の
部屋《へや》から僕の部屋に通じてゐるだけなのである　群衆の
中を歩きつかれて　少年は帰ってくる

黒田　三　郎（くろだ　さぶろう）一九一九〜一九八〇
「失はれた墓碑銘」より。詩集「定本黒田三郎詩集」他

*

〈編者の言葉〉　明けても暮れても勉強ばかりしている少年がいた。三歳《さい》のとき、知能テストをしたら、

とびき り高い偏差値《へんさち》がでたのだそうだ。以来、母親はかれを天才と信じ、その才能を研磨《けんま》することに自分の一生をささげる誓《ちか》いを立てたという。

かれは家庭教師《かていきょうし》をつけてもらい、塾《じゅく》にかよった。家の便所には歴史年表がはってあり、茶の間には算数の公式が、寝室の天井には図形の問題がはってあった。夜更《ふ》けて寝室へ行く。だが電灯を消しても時間をむだにしない。イヤホーンを耳にし、国語の問題を聞きながら眠りにつくのだった。

かれは、母親の望みどおり、一流私立の中学校に合格した。合格発表の日、かれはテレビ局のインタビューを受けた。「これからきみは、どんなコースを進んでいくつもりですか」「この中学からつづいている高校をとおって東大です」「そのつぎは?」かれは首をかしげていたが「ママに相談しないと」とぽつんと言った。母親がたまりかねて言った。「お医者さんでしょ、お医者さん」かれは「そう」と、母親にむかってうなずき「ぼく、お医者さんになるのでした」と答えたのだった。

日日

ある日僕《ぼく》は思った
僕に持ち上げられないものなんてあるだろうか
次の日僕は思った
僕に持ちあげられるものなんてあるだろうか

暮れやすい日日を僕は
傾斜して歩んでいる

これらの親しい日日が

つぎつぎ後へ駈《か》け去るのを
いぶかしいようなおそれの気持でみつめながら

谷川　俊太郎（たにかわ　しゅんたろう）一九三一〜
「二十億光年の孤独」より。詩集「谷川俊太郎詩集」他

＊

〔編者の言葉〕　たしかな腕《うで》にめぐまれながら、一枚の絵も描《えが》こうとしないO君という美術教師《びじゅつきょうし》がいた。

わたしは一度だけ、なぜ？と問うたことがあった。O君は「子どもたちに、いい絵を描かせることも芸術といえないかね」と、わたしの目をかわした。

かれは、突然《とつぜん》、病気で倒《たお》れる。白血病《はっけつびょう》であった。葬式《そうしき》がすんで、ある日、わたしはかれの家をたずねた。「遠藤さん、これを見てください」と、年老いた父親がさびしそうにわたしに言った。見ると、かれの生前の部屋に真新しい画材《がざい》が山のようにつんであった。入院まぎわにO君が買いこんだものだった。わたしは描き手を失ったカンバスに怒《いか》りを投げつけることで無念《むねん》さにたえていたのだった。

表札

自分の住むところには
自分で表札《ひょうさつ》を出すにかぎる。

自分の寝泊《ねとま》りする場所に
他人がかけてくれる表札は
いつもろくなことはない。

病院へ入院したら
病室の名札には石垣りん様と
様が付いた。

旅館に泊っても
部屋の外に名前は出ないが
やがて焼場の罐《かま》にはいると
とじた扉の上に
石垣りん殿と札が下がるだろう
そのとき私がこばめるか?

様も
殿も
付いてはいけない、

自分の住む所には
自分の手で表札をかけるに限る。

精神の在《あ》り場所も
ハタから表札をかけられてはならない
石垣りん
それでよい。

石垣　りん（いしがき　りん）一九二〇〜二〇〇四
「表札など」より。著書「ユーモアの鎖国」他

＊

〈編者の言葉〉　肩書《かたが》きがめっぽう好きな男がいた。M。小学校の教師《きょうし》だった。かれから名刺《めいし》をもらった人は、そこに刷《す》りこまれている肩書きの多さにびっくりしてしまう。〇〇研究会委員、××協議会理事《きょうぎかいりじ》等々の肩書きがびっしりならべられているのである。Mは音楽の教師だったから、音楽関係のものが多かったが、主義、主張のはっきり異なる団体が仲よくならんでいて、人はかれの「多彩《たさい》なつきあいぶり」

に、またびっくりしてしまうのである。Aという団体があれば、ツテを頼って顔を出し、使い走りをしているうちに「何と便利な男」ということになって、いつのまにか委員になり、Bという団体ができればせっせと足を運び、ポスター書きやチラシをつくり、いつのまにか理事《りじ》ということになる。

その肩書《かたが》きがものをいったのかどうか、Mは長年ユメみていた教頭《きょうとう》先生の資格《しかく》を手にいれた。だが、都内の学校には教頭の空席がなく、これまでの努力がフイになると悩《なや》んでいたところ、「島ならあいている」という誘《さそ》いがあって、かれはQ島にわたる。

Q島にわたって、Mはもう一つの新しい資格《しかく》を獲《かく》得《とく》した。Q島釣友会《ちょうゆうかい》世話人である。だが二年後――肩書きがもうすぐ二十になろうとするころ、かれは死んだ。夜釣《よづ》りに出て、おそらく岩の上から突風《とっぷう》に飛ばされたのだろう、と島の人びとは推測《すいそく》したのだが、それっきり帰らなかったのである。

葬儀《そうぎ》の日、Q島釣友会からは小さな花輪《はなわ》が贈《おく》られたが、他の団体からは弔電《ちょうでん》一つとどけられなかった。

道程《どうてい》

僕《ぼく》の前に道はない
僕の後ろに道は出来る
ああ、自然よ
父よ
僕を一人立ちにさせた広大な父よ
僕から目を離さないで守る事をせよ
常に父の気《き》魄《はく》を僕に充《み》たせよ
この遠い道程《どうてい》のため
この遠い道程のため

高村　光太郎（たかむら　こうたろう）一八八三〜一九五六
「道程」より。著書「高村光太郎全集」他

＊

〔編者の言葉〕　ブルガリアの首都《しゅと》ソフィアから北西へ五十キロほど行くと、※ユーゴスラビアとの国境線《こっきょうせん》にぶつかる。わたしたちの乗ったバスは、バルカンの深い峡谷《きょうこく》を走っていた。同行十二人。登山家として有名だった故川崎吉蔵《かわさききちぞう》氏もいっしょだった。しばらく行ってバスを止め、一息いれた。左手は鋭くけずられた崖《がけ》、右手はきりたった岩山だった。

「ここでパルチザン活動をやったんだな」だれかが言った。第二次世界大戦中、ユーゴスラビアのチトー大統領《だいとうりょう》たちが、ナチ占領下《せんりょうか》の自国を解放《かいほう》するために、山岳地帯《さんがくちたい》でゲリラ戦をおこなったのだ。川崎さんがぽつんと言った。「道なんてほとんどなかったろう。だが——いや、だからチトーは勝った。道のない山岳が、そのまま解放への道になった。」

暮色《ぼしょく》が濃《こ》くなっていた。ベオグラードまで、あと三百キロ。道はまだ遠かった。

※ユーゴスラビアは現在七カ国に分裂。ブルガリアの北西に位置するのは、セルビア。

砂の道

砂の上にしゃがんで
少年は蟻《あり》を殺した
暴君《ぼうくん》ネロのや(よ)うに無慈悲《むじひ》に
何気なく通りかかる蟻を一匹一匹
殺した
まひる
道には人影もなく
砂は白く
微《かす》かに頰《ほほ》にふれ
頸筋《くびすじ》にふれ

風がすぎる
ああ
その道をけさ
少女は行ってしまったのである
空家《あきや》になってしまったお隣りの庭に
大きなひまはり(わ)の花が咲いてゐ(い)た

黒田　三郎（くろだ　さぶろう）一九一九〜一九八〇
「失はれた墓碑銘」より。詩集「定本黒田三郎詩集」他

＊

〔編者の言葉〕　その少女たちは、突然《とつぜん》風のように、その城下町にやってきた。N子とT子。としごの姉《し》妹《まい》で、東京からやってきたということだった。悪童《あくどう》たちのなかには「親が離婚《りこん》して東京に住めなくなったためだ」などと噂《うわさ》していたが、その噂がほんとうかどうか、少女たちには母親しかついていなかった。

流暢《りゅうちょう》な東京弁をつかう、はなやかなその少女たちは、当然《とうぜん》、県立女学校へかようものと思っていた悪童《あくどう》たちは、二人が町の小学校の高等科にかようことになった事実を知って驚き、同時に、その二人に親近感《しんきんかん》をいだくようになり、なにかにつけて話の種にした。「あいつらは、いつまでこの町にいるのかな」「あいつらは、この町のだれと結婚《けっこん》することになるのかな。」

——ちょうど、男の小学校の高等科に、東京から転校してきたばかりのKという少年がいた。Kが少女たちの結婚相手《けっこんあいて》として登場するまでに、そんなに時間はかからなかった。

どんな事情があったのか、一年後に、N子とT子は、また風のように母親と東京へもどっていった。「Kよ。おめえさびしいべ」と言ったのは、悪童の頭目株《とうもくかぶ》のSだったが、かれは、いつかわたしに「もし、KがN子かT子のどっちかと結婚したら、おれは残りのほうと結婚してえよ」と、はずかしさと本気さを顔にうかべながら、ささやいた少年だった。

女の子のマーチ

男の子をいじめるのは好き
男の子をキイキイいわせるのは大好き
今日も学校で二郎の頭を殴《なぐ》ってやった
二郎はキャンといって尻尾《しっぽ》をまいて逃げてった
　　二郎の頭は石頭
　べんとう箱がへっこんだ

パパはいう　お医者のパパはいう
女の子は暴《あば》れちゃいけない
からだの中に大事な部屋《へや》があるんだから

静かにしておいで　やさしくしておいで
　そんな部屋どこにあるの
　今夜探険してみよう

おばあちゃまは怒る　梅干《うめぼし》ばあちゃま
魚をきれいに食べない子は追い出されます
お嫁《よめ》に行っても三日ともたず返されます
頭と尻尾だけ残し　あとはきれいに食べなさい
　お嫁になんか行かないから
　魚の骸骨《がいこつ》みたくない

パン屋のおじさんが叫んでた
強くなった女と靴下　女と靴下ァ
パンかかえ奥さんたちが笑ってた

あったりまえ　それにはそれの理由《ワケ》があるのよ
あたしも強くなろうっと！
あしたはどの子を泣かせてやろうか

茨木　のり子（いばらぎ　のりこ）一九二六〜二〇〇六
「鎮魂歌」より。詩集「対話」「自分の感受性くらい」他

＊

〔編者の言葉〕恵《めぐみ》ちゃん。二年生の女の子。めったに泣かない。ぐずぐずしている男の子のめんどうをよくみる。着がえのときなど「後《うし》ろ前じゃないの。オシッコできないわよ」と言ってはきかえさせる。

その恵ちゃんが詩を書いた。『わたしはコップ』。わたしは、コップ／わたしは、小犬もようのコップ／（中略）／あっ、女の子がはしった／ガッシャーン／わたしのからだが／バラバラになって／ちった／「ああ、すてられちゃった／だいじにつかっていれば／こんなことには／ならなかったのに」／わたしは、ないた。

詩を読むと、男の子たちはシーンとしてしまった。

山に登る

旅よりある女に贈る

山の頂上にきれいな草むらがある
その上でわたしたちは寝ころんで居《い》た。
眼をあげてとほ《(お)》い麓《ふもと》の方を眺《なが》めると
いちめんにひろびろした海の景色《けしき》のや《(よ)》うにおもは《(わ)》れた。
空には風がながれてゐ《(い)》る
おれは小石をひろって口《くち》にあてながら
どこといふ《(う)》あてもなしに
ぼうぼうとした山の頂上をあるいてゐた
おれはいまでも　お前のことを思ってゐるのである。

萩原　朔太郎（はぎわら　さくたろう）一八八六～一九四二
「月に吠える」より。著書「萩原朔太郎全集」他

*

〔編者の言葉〕ソフィアからユーゴスラビア※の首都《しゅと》ベオグラードへ。わたしは車でまた六時間もかかる陸路《りくろ》を選んだ。バルカンの山岳地《さんがくち》帯《たい》がつき出たあたりからニシュの町にかけて、地平の涯《はて》までびっしりと埋《う》めつくしたあのヒマワリ畑をもう一度見てみたい、そんな思いが、わたしの胸《むね》にあったからだ。

それは、A子よ。きみに関係がある。きみが命を絶《た》つ二年前、きみはこんなことを言った。「花のなかで一番好きなのは、ヒマワリなんです。」

はじめてその道をとおったとき、わたしはそのみごとさに息をのむだけで、A子への追憶《ついおく》はなかった。だが深夜《しんや》、突然《とつぜん》、心にA子の姿《すがた》が現《あら》われてきたのだ。

A子よ。なぜこの花のように強靱《きょうじん》に生きようとしなかったのか。わたしはA子をしかりつけるようなにがい心で、再びベオグラードへの道を走ったのだ。

※ユーゴスラビアは現在七カ国に分裂。ベオグラードはセルビアの首都。

蜥蜴《とかげ》

すばやい決断で
尻尾《しっぽ》を切りすてることで
わたしはいつも　命びろいをしてきたのだと信じていた

だが　あの現場に残してきた可能性の尻尾こそ
ほんとうの自分で
いま　生き残っているのはひからびたミイラかもしれな
　いという思いが
束《つか》ねた太い皮鞭《かわむち》のようにわたしを打つ

香川　紘子　（かがわ　ひろこ）　一九三五〜
「壁画」より。詩集「魂の手まり唄」「方舟」

＊

〔編者の言葉〕　沖縄《おきなわ》での戦闘《せんとう》がはげしくつづいていたある日、Ｎ少尉《しょうい》が給油《きゅうゆ》のため、わたしたちの基地《きち》に飛来《ひらい》してきた。Ｎ少尉は、わたしに操縦技術《そうじゅうぎじゅつ》を教えてくれた教官だった。その後はなればなれになり、それぞれ特別攻撃隊員《とくべつこうげきたいいん》の命令を受けていたのだった。

　わたしは思わぬ再会《さいかい》をよろこんだ。だがＮ少尉は、すぐ南へ飛ぶという。それは死を意味していた。

「遠藤！」エンジンが始動《しどう》すると、Ｎ少尉はわたしをよんだ。「こんなもの必要ないから、おまえにやっておく」かれは皮の手袋《てぶくろ》を投げてよこした。

　わたしは生き残り、戦後しばらくその手袋をだいじに持っていた。が、あるとき、いつまでも後方《こうほう》に思いがひかれては、と思い、その手袋を焼却《しょうきゃく》した。だが、ほんとうにあれでよかったのか？という悔《く》いのようなにがさが、わたしをおそってくるのである。

青空

1

最初、わたしの青空のなかに、あなたは白く浮かびあがった塔《とう》だった。あなたは初夏の光の中でおおきく笑った。わたしはその日、河原におりて笹舟をながし、溢《あふ》れる夢を絵具のように水に溶《と》いた。空の高みへ小鳥の群はひっきりなしに突き抜けていた。空はいつでも青かった。わたしはわたしの夢の過剰《かじょう》でいっぱいだった。白い花は梢《こずえ》でゆさゆさ揺《ゆ》れていた。

2

ふたたびはその掌《て》の感触に
わたしの頬《ほほ》の染《そ》まることもないであろう
その髪《かみ》がわたしの耳をなぶるには
冬の風はあまりに強い

わたしの胸に朽葉《くちば》色して甦《よみが》える悲しい顔よ
はじめからわかってたんだ
うつむいてわたしはきつく唇《くちびる》を嚙《か》む
今はもう自負心だけがわたしを支え
そしてさいなむ

ひとは理解しあえるだろうか
ひとは理解しあえぬだろう
わたしの上にくずれつづける灰色の冬の壁

空の裂目《さけめ》に首を出して
なお笑うのはだれなのか
日差しはあんまり柔《やわ》らかすぎる
わたしのなかの瓦礫《がれき》の山に　こわれた記憶に

ひとはゆるしあえるだろうか
ひとはゆるしあうだろう　さりげない微笑のしたで

たえまなく風が寄せて
焼けた手紙と遠い笑いが運ばれてくる
わたしの中でもういちど焦点《しょうてん》が合う
記憶《きおく》のレンズの……
燃えるものはなにもない！

明日こそわたしは渡るだろう
あの吊橋《つりばし》
ひとりづつしか渡れないあの吊橋を
思い出のしげみは　二月の雨にくれてやる

大岡　信（おおおか　まこと）一九三一～
「記憶と現在」より。著書「大岡信著作集」他

＊

〔編者の言葉〕　いつからか絵筆《えふで》を捨て、子どもたちの指導《しどう》に情熱《じょうねつ》をかたむけていた美術教師《びじゅつきょうし》O君。わたしは一度、かれの仕事場で白く塗《ぬ》りつぶされた何枚もの失敗作を見たことがあった。塗りつぶされた裏《うら》から、ユトリロやモネの世界が透《す》けて見えた。わたしはO君の秘密《ひみつ》を見たと思った。かれは挫折《ざせつ》し、自分をこえるものを子どもに求めたのではないか？
　そのO君が、病《やま》いに倒《たお》れる前「おれは仕事をしなければ」と言ったという。黒々とした一本の河にもう一度橋を架《か》けようとしたのではなかったろうか？

造園術

よろしい。
それならお前の夢は？
それを言ってごらん。
きいているのはぼくだけだから。
思いきって大胆《だいたん》に。
まずそれはこんなものでないかと思うことを。
お前の夢にあらわれる土地や風景を
どんなかたちでもよい。
自由に描いてごらん。
お前が想像出来ること

こうなれば世界はどんなに美しいかということ。
でなければせめてこんな風になればと思うようなことを
それをいますぐ言ってごらん。
めんどくさいからって
シルフやフェアリーが遊んでいるアルンハイムの水流を
指《さ》したり
ゴビの向うにある大きな国をあげたりしたってだめだ。
スエーデンの消費組合はなどというのもだめだ。
とっさに考えをめぐらして
小さな穴から一条の強烈な光を導入するように
ある朝雨戸をけったら外はという風に
それを鮮明に
眼《ま》のあたりに実現させるのだ。
あゝ　しかしぼくならとんでもないまちがいをしやしな

いかと思う。
欝蒼《うっそう》たる木の間に
急傾斜の大破風《だいはふ》をもった
飛騨《ひだ》の白川村の民家のような
そんな聚 落《しゅうらく》があらわれたり
或はオーストラリヤのキャンベラのような
真白な田園都市が浮かんだら
それはまだよい方だろう。
ひょっとすると
ぼくはだしぬけに
たとえば昨日新聞で見たばかりの
長崎港外にある
端島炭礦《はじまたんこう》の遠望写真を想《おも》い出して
あすこに見えるあれがなどと言いかねないのだ。

海上はるか
四隅《よすみ》に塔のある中世の城郭《じょうかく》のような
そしてその上に束《たば》になって数本の大煙突がそびえている
　あの断崖《だんがい》絶壁を
せっぱづまって
ぼくの夢なんですと
言ってしまうかも知れない。

小野　十三郎（おの　とおざぶろう）一九〇三〜一九九六
「火呑む欅」より。詩集「大阪」「とほうもないねがい」他

＊

〔編者の言葉〕　美術教師《びじゅつきょうし》のO君が、白血病《はっけつびょう》で入院したとき、毎日のようにかれを見舞《みま》う同僚《どうりょう》の女性がいた。ある日は花屋でO君の好きな花を求め、ある日は、かれが食べたいと言ったものを買って病院をたずねた。そんな彼女《かのじょ》を見て、同僚たちは、二人は結《けっ》

婚《こん》するつもりだったのではないかと語りあった。だが、それにしては、どこか様子《ようす》がちがっていた。

O君の容体《ようだい》が悪化《あっか》したという日、わたしも病院にかけつけた。夜半《やはん》すぎて、もちなおしたというので、わたしは病院を出た。うしろから足音がした。彼女《かのじょ》だった。「遠藤さん」めずらしく彼女のほうから口を開いた。「もうだめね」声がしめっていた。「わたし――」しばらく間があった。「わたし、Oさんに結婚《けっこん》してほしいと言われたことがあるんです。でも、おことわりしたんです。『そうか、それならいいや』って、何でもないような顔でOさんは言ってたけど、わたしにはつらかった。それから間もなく発病《はつびょう》でしょう。何とかしてあげなけりゃ。わたし、そう思ってきょうまできたんです。でも、もうだめですね」かなしみがにじむ語調《ごちょう》だった。

「遠藤さん、Oさんが倒《たお》れる少し前『仕事をしなければな』って言ったんです。仕事って絵を描くことでしょう。なぜ、そう思ったのでしょうか。」

わたしの胸《むね》に、新しいかなしみが噴《ふ》きあげていた。

会話

お国は？　と女が言った
さて、僕《ぼく》の国はどこなんだか、とにかく僕は煙草《たばこ》に火を
つけるんだが、刺青《いれずみ》と蛇皮線《じゃびせん》などの連想を染めて、図
案のや《(よ)》うな風俗をしてゐ《(い)》るあの僕の国か！
ずっとむかふ《(こう)》

ずっとむかふとは？　と女が言った
それはずっとむかふ、日本列島の南端の一寸《ちょっと》手前なんだ
が、頭上に豚《ぶた》をのせる女がゐるとか素足で歩くとかい
ふ《(う)》やうな、憂鬱《ゆううつ》な方角を習慣してゐるあの僕の国か！

南方

南方とは？　と女が言った
南方は南方、濃藍の海に住んでゐるあの常夏《とこなつ》の地帯、龍《りゆう》
舌蘭《ぜつらん》と梯梧《でいご》と阿旦《あだん》とパパイヤなどの植物達が、白い季
節を被《かぶ》って寄り添ふ《（う）》てゐるんだが、あれは日本人では
ないとか日本語は通じるかなどと談《はな》し合ひ《（い）》ながら、世
間の既成概念達が寄留するあの僕の国か！

亜熱帯

アネッタイ！　と女は言った
亜熱帯なんだが、僕の女よ、眼の前に見える亜熱帯が見
えないのか！　この僕のやうに、日本語の通じる日本
人が、即《すなわ》ち亜熱帯に生れた僕らなんだと僕はおもふ《（う）》ん

だが、酋長《しゅうちょう》だの土人だの唐手《からて》だの泡盛《あわもり》だのゝ同義語
でも眺《なが》めるかのやうに、世間の偏見《へんけん》達が眺めるあの僕
の国か！
赤道直下のあの近所

山之口　貘（やまのぐち　ばく）一九〇三～一九六三
「思弁の苑」より。著書「山之口貘全集」他

＊

〔編者の言葉〕一九七五年秋。はじめて沖縄《おきなわ》をおとずれたわたしは、沖縄県教組中頭支部《おきなわけんきょうそなかがみしぶ》の有銘政夫《あるめまさお》さんに案内《あんない》されて〝ひめゆりの塔《とう》〟に詣《もう》でた。もう陽は落ち、塔は深い静寂《せいじゃく》につつまれていた。

「一九四五年一月、軍の要請《ようせい》で、県立第一高女と師《し》範《はん》学校女子部の生徒たちは、このあたりの自然洞窟《どうくつ》で、負傷兵《ふしょうへい》の看病《かんびょう》にあたったのです」有銘さんの声はしめっていた。「五月下旬、米軍が洞窟におしよせました。彼女《かのじょ》たちは全員制服に着がえ、校歌を歌って自害《じがい》していったのでした」「死なずにおれば……孫《まご》までいた人もいるかもしれない」と、わたしが言うと、有銘さんは静かにうなずいたのだった。

水

大きなやかんを
空のまんなかまでもちあげて
とっくん　とっくん　水をのむ
とっくん　とっくん　とっくん　とっくん
のどがなって
にょろ　にょろ　にょろ　つめたい水が
のどから　むねから　いぶくろへはいる
とっくん　とっくん　とっくん
にょろ　にょろ　にょろ
息をとめて　やかんにすいつく

自動車みたいに　水をつぎこんでいる
のんだ水は　すぐまた　あせになって
からだじゅうから　ぷちっとふきでてくる
もう　いっぱい
もう　ひと息
とっくん　とっくん　とっくん　とっくん
どうして　こんなに　水はうまいもんかなあ
こんな水が　なんのたしになるもんかしらんが
水をのんだら　やっと　こしがしゃんとした
ああ　空も　たんぼも
すみから　すみまで　まっさおだ
おひさまは　たんぼのまんなかに
白い光を　ぶちまけたように　光っている
遠いたんぼでは　しろかきの馬が

ぱしゃっ　ぱしゃっと　水の光をけちらかしている
うえたばかりの苗の頭が風に吹かれて
もう　うれしがって　のびはじめてるようだ
さっき　とんでいったかっこうが
村の　あの木で　鳴きはじめた

大関　松三郎（おおぜき　まつさぶろう）一九二六〜一九四四
「山芋」より。詩集「大関松三郎詩集・山芋」

＊

〈編者の言葉〉　とうちゃん／自動車のぶひんつくりして／けがしんなえ。／かわったことがあったら／てがみよこっしゃい。／大けがしたら／おら／ふっとんでとうきょうにいく。／でも／けがをしないで／はやくかえってこらしい。／おらあ／かもう（地名）までだけしゃあ／むかえにいくで。／くるとき／あまりたけもん（高いもの）なんか／かってこねたっていいやあで（いいよ）。／かってくるぶん／らくしていいで。／おらあ／そのほうがずっといいで／とうちゃん。

大関松三郎の生まれ故郷《こきょう》、新潟県《にいがたけん》の小学校四年生の詩である。題は〝出かせぎに行くとうちゃんへ〟。

戦後、日本の農村は、農地《のうち》解放政策《かいほうせいさく》によって大きく変わり、さらに朝鮮戦争後《ちょうせんせんそうご》の経済高度成長政策の渦《うず》のなかで、もう一つ大きく変わった。第二次、第三次産業を重視《じゅうし》した高度成長政策により、農山漁村にはたいへんな荒廃《こうはい》がひろがった。たとえば、農家が農業だけで生計を立てることができず、働きざかりの男たちが——いや、ときには女たちまでも、現金収入を求めて都会地に働きに出るという現象《げんしょう》がおこり、それは慢性化《まんせいか》していった。

昔の農村が、人間の生きる場所として完全に幸福だったというつもりはない。だが、わたしは農民たちが田畑を離れ——ということは、自然との交流や土を土台とする家族との交歓《こうかん》をたちきり、不安定な労働現場で日銭《ひぜに》をかせぐ姿《すがた》に、幸福を感じることができないのだ。

砂上

何もかもみんなひとりでやりたかったのです
僕《ぼく》ひとりで
僕の大事な秘密の箱を
誤って
踏《ふ》みつぶしてしまふ《（う）》のまで
僕でなければ
ならなかったのです
ああ
真夏の午後
何物も敢《あ》へ《（え）》て動か《（こ）》うとしない静かさの中で

少年の頰《ほほ》の産毛《うぶげ》が
不敵に
風に慄《ふる》へてゐ《い》る

黒田 三郎（くろだ　さぶろう）一九一九～一九八〇
「失はれた墓碑銘」より。詩集「定本黒田三郎詩集」他

＊

〔編者の言葉〕　Tは十歳《さい》。きのうが母親の一周忌《しゅうき》だった。遠い東京から法事《ほうじ》に来た母親そっくりの叔母《おば》が、Tに小さな紙づつみをくれた。ベエごまだった。

　Tはうれしくて、それを学校に持ってきてしまい、授業中《じゅぎょうちゅう》も机《つくえ》の下でいじっていた。そうしていると、母親がもどってきてくれるような気がしたのだった。

見つけた先生がどなった。「それを持ってこい！」「いやだ！」クラス中に笑いがおこり、激怒《げきど》した先生は、Tをなぐったり、けったりして外へつれ出した。こぼれたベエごまは、くず箱《ばこ》に捨てられた。

　粉雪の舞う校庭で、Tは残った二つのベエごまをにぎりしめ、泣きもせずに立ちつづけていた。

計算ちがい

食べたり眠ったりする以外に
人間の仕事は
一体どうなるのだろう。
どれもこれも似たような話なので
しているのとしていないのとでは
何がちがうかもわからないのに。
私も肝臓の隣あたりに
動物達と同じく
ひ弱で貧しい内側を
所有しているのだろうか。

こんなにして一生を
余分なことばかり考えて死ぬのだろう、
しかし余分とは何なのだろう。
何から余《あま》っているのだろう。
私には言えない、
余分なことしか言えないから。
頭や口や手がちょっとした計算を
まちがっているだけなのに。

牟礼慶子（むれ　けいこ）一九二九〜二〇一二
「来歴」より。詩集「魂の領分」「日日変幻」

＊

〈編者の言葉〉　Tは、叔母《おば》からもらったベエごまをにぎりしめながら、雪の中に立っていた。八つ、先生に捨《す》てられ、たった二つ残ったそのベエごまに、はげしく母親を感じながら——。

子どもをなぐったあと、いつもそうするように、教室では先生の事後《じご》処理《しょり》のお説教《せっきょう》がつづいていた。

「おまえたちは、Tがなぜ先生になぐられたか、わかるな」外に立っているTのところまでとどくように、先生が大声を出していることがよくわかった。

「ハーイ」同級生たちの声も、はっきり聞えた。

「Tは授業中《じゅぎょうちゅう》、ベエごま遊びというよけいなことをやっていた。しかも、それが見つかると、反省《はんせい》するどころか、逆《ぎゃく》に反抗的《はんこうてき》な態度《たいど》に出た。だから、先生になぐられたんだ。わかるか。Tはひねくれがひどくなっている。先生はそれを心配しているんだ。ひねくれものは、不良少年になる！　みんなもTに不良少年になってもらいたくないだろう」「ハーイ」。

うそだ！　Tは身をふるわせた。おれはよけいなことをやっていたんじゃない！　だが、訴《うった》えてもむだだ、と思った。訴えれば訴えるほど、先生の目には、ひねくれた部分がひろがってうつるだけだろう。Tにはそれがよくわかっていたのだ。

解説

遠藤豊吉

若い人たちの、あるいは若いということばであらわすにはまだちょっと距離《きょり》のある、幼い人たちの自殺事件《じさつじけん》があとを絶《た》たない。なぜ、そんなにもあっさりと——死んでいく人たちには、命とひきかえにするだけの深いわけがあるのだろうけれども、わたしの目には多くの場合、あっさりと、としか見えないのだ——みずからを葬《ほうむ》ってしまうのだろうか。

わたしはわたしなりに、いろいろ考えてみる。生き急ぎする人、死に急ぎする人たちの心の内側をさぐってみる。

この世の中は、自分にとって生きるに値《あたい》しない、と見切りをつけてしまうのだろうか。あるいは、自分は、この世の中に生きるに値しない存在《そんざい》だ、と見切りをつけてしまうのだろうか。この世に生まれて、まだ二十年にもならぬ若さ、幼さの人たちが、世の中に見切りをつけるにせよ、自分に見切りをつけるにせよ、そんなにもあわただしく命を絶っていく人の姿《すがた》を見ることは、わたしにとってたまらなくかなしいことだ。

わたしは、かなしみのなかで考えこむ。生き急ぎ、死に急ぎする人たちの心の内側をさぐりながら、考えこむ。はたして、いまの世は、自分をそこに生きるに値《あたい》しない存在《そんざい》、と見切りをつけさせるほどすばらしいものなのだろうか。また、いまの世は、自分にとって生きるに値しないもの、ときめつけ、こちらからあわただしくさよならを告げてしまっていいほど、くだらないものなのだろうか。

ここに一通の手紙がある。それは、不条理《ふじょうり》な考え方によって長い間しいたげられ、貧しい生活を強《し》いられてきた一人の女の人の手紙である。

わたくしは　うちがびんぼうであったのでがっこうへいっておりません。だから　じをぜんぜんしりませんでした。いま　しきじがっこう(識字学校)でべんきょうして　かなはだいたいおぼえました。
いままで　おいしゃへいっても　うけつけでなまえをかいてもらっていましたが　ためしにじぶんでかいてためしてみました。かんごふさんが　北代さんとよんでくれたので　大へんうれしかった。
夕やけを見ても　あまりうつくしいとは思《わ》はなかったけれど　じをおぼえてほんとうにうつくしいと思うようになりました。みちをあるいておっても　かんばんにきをつけていて　ならったじを見つけると　大へんうれしく思います。すうじ　おぼえたので　スーパーやもくよういちへゆくのも　たのしみになりました。また　りょかんへ行っても　へやのばんごうをおぼえたので、はじもかかなくなりました。これからがんばって　もっともっとべんきょうをしたいです。十年ながいきをしたいと思います。

ここには、まぎれもなく、いまの世に生きる〈人間〉がいる。人間として生きることのよろこびに胸《むね》ふるわせる一人の〈わたし〉がいる。

わたしは、この巻《かん》にわたしの好きな二十編《ぺん》の詩を編《あ》んだのだが、それらの詩《し》編《へん》はことごとくこの婦人《ふじん》の手紙とひびき合って、わたしの胸をはげしく撃《う》つ。わたしの胸奥《きょうおう》に鳴るその衝撃音《しょうげきおん》が、あなたのなかの〈わたし〉にとどき、美しい共鳴音《きょうめいおん》を生んでくれたら、うれしい。

●編著者略歴

遠藤《えんどう》　豊吉《とよきち》

1924年福島県に生まれる。福島師範学校卒業。1944年いわゆる学徒動員により太平洋戦争に従軍，戦争末期特別攻撃隊員としての生活をおくる。敗戦によって復員。以後教師生活をつづける。新日本文学会会員，日本作文の会会員，雑誌『ひと』編集委員。1997年逝去。

新版 日本の詩・5　わたし

NDC911　63p　20cm

2016年11月7日　新版第1刷発行

編著者　遠藤　豊吉

発行者　小峰　紀雄

発行所　株式会社 小峰書店

〒162-0066 東京都新宿区市谷台町4-15
電話 03-3357-3521(代)
FAX 03-3357-1027
http://www.komineshoten.co.jp/

印　刷　株式会社三　秀　舎
組　版　株式会社タイプアンドたいぽ
製　本　小高製本工業株式会社

ISBN978-4-338-30705-5

本書は、1978年3月25日に発行された『日本の詩・5　わたし』を増補改訂したものです。